宋張先著

張子野詞

廣陵書社

甲午冬月廣陵書社據
彊村叢書舊版刷印

張子野詞目錄

卷一

卷二

補遺上

補遺下

張子野詞卷一

吳興 張 先 子野

正宮

醉垂鞭

雙蝶繡羅裙東池宴初相見朱粉不深勻閒花淡淡春
細看諸處好人人道柳腰身昨日亂山昏來時衣上
雲

二 贈琵琶娘年十二

朱粉不須施花枝一作瓊枝小春偏好嬌妙近勝衣輕羅紅
霧垂琵琶金畫鳳雙條重倦眉低啄木細聲遲黃蜂
花上飛

中呂宮

南鄉子

何處可魂消京口終朝兩信潮不管離心千疊恨滔滔
催促行人動去橈 記得舊江皐綠楊輕絮幾條條春
水一篙殘照闊遙遙有箇多情立畫橋

二 中秋不見月 一作南徐中秋

潮上水清渾棹影輕於水底雲去意徘徊無奈淚衣巾
猶有當時粉黛痕 海近古城昏暮角寒沙雁隊分今
夜相思應看月無人露冷依前獨掩門

菩薩蠻

憶郎還上層樓曲樓前芳草年年綠綠似去時袍回頭

風袖飄　郎袍應已舊顏色非長久惜恐鏡(一作鑑)中春
不如花草新
二
聞人語(一作話)著仙卿字瞋情恨意還須喜何况草長時
酒前頻共(一作見)伊嬌香堆寶帳月到梨花上心事兩
人知掩燈羅幕(一作幔)垂
三
夜深不至春蟾見令人更更情飛亂(一作香斬不至春蟾午令人轉更猜飛語)
翠幕動風亭時疑響屧聲　花香聞水榭幾誤飄衣
麝不忍下朱扉遶廊重待伊
四

簟紋衫色嬌黃淺鈫頭秋葉玲瓏翦輕怯瘦腰身紗窗
病起人　相思魂欲絕莫話新秋別何處斷離腸西風
昨夜涼
五
牡丹含露真珠顆美人折向簾前過含笑問檀郎花強
妾貌強　檀郎故相惱剛道花枝好花若勝如奴花還
解語無
踏莎行
衾鳳猶温籠鸚尚睡宿妝稀淡眉成字映花避月上行
(一作週)廊珠裙褶褶輕垂地　翠幕成波新荷貼水紛紛
煙柳(一作絮)低還起重牆繞院更重門春風無路通深意

二
波湛橫眸霞分膩臉盈盈笑動籠香靨有情未結鳳樓
歡無憀愛把歌眉斂　密意欲傳嬌羞未敢斜偎象板
還偷瞰輕輕試問借人麼佯佯不覷雲鬟點

小重山
萬乘靴袍御紫宸揮毫敷麗藻盡經綸第名天陛首平
津東堂桂重占一枝春　殊觀聳簪紳蓬山仙話重霈
恩新暫時趨府冠談賓十年外身是鳳池人

西江月
體態看來隱約梳妝好是家常檀槽初抱更安詳立向
尊前一行　小打登鉤怕重儘纏繡帶由長嬌春鶯舌

巧如簧飛在四條絃上

慶金枝
青螺添遠山兩嬌靨笑時圓抱雲句雪近燈看妍處不
堪憐一作筭何處不堪憐　今生但願無離別花月下繡屏前雙
蠶成繭共纏綿更結後生緣一作更重結後生緣

浣溪沙
輕風來時不破塵石榴花映石榴裙有情應得撞顛春
一作應解惜青春惜一作憶　夜短更難留遠夢日高何計學行雲
樹深鶯過靜無人

相思兒令
春去幾時還問桃李無言燕子歸棲風緊梨雪亂西園

一猶有月嬋娟似人人難近如天願教清影長相見更乞取長圓

師師令

香鈿寶珥拂菱花如水學妝皆道稱時宜粉色有天然春意蜀綵衣長勝未起縱亂雲（一作霞）垂地　都城池苑誇桃李問東風何似不須回扇障清歌脣一點小於珠子（一作朱蘂）正是（一作値）殘英和月墜寄此情千里

山亭宴慢　有美堂贈彦猷主人

宴亭（一作堂）永晝喧簫鼓倚青空畫闌紅柱玉瑩紫微人藹和氣春融日煦故宮池館更樓臺約風月今宵何處湖水動鮮衣競拾翠湖邊路　落花蕩漾愁空樹曉山靜數聲杜宇天意送芳菲正黯淡疏煙逗雨新歡寧似舊歡長此會散幾時還聚試爲挹飛雲問解寄相思否

謝池春慢　玉仙觀道中逢謝媚卿

繚牆重院時聞有啼鶯到繡被掩餘寒畫幕（一作閣）明新曉朱檻連空闊飛絮無（一作知）多少徑莎平池水渺日長風靜花影閒相照　塵香拂馬逢謝女城南道秀豔（一作麗）過施粉多媚生輕笑鬭色鮮衣薄碾玉雙蟬小歡難偶（一作遇）春過了琵琶流怨（一作韻）都入相思調

惜雙雙　溪橋寄意

城上層樓天邊路殘照裏平蕪綠樹傷遠更惜春暮有人還在高高處　斷夢歸雲經日去無計使哀絃寄語

相望恨不相遇倚橋臨水誰家住

南呂宮

江南柳

隋堤遠波急路塵輕今古柳橋多送別見人分袂亦愁生何況自關情　斜照後（一作新圭）月上西城城上樓高重倚望願身能似月亭亭（一作月華明）千里伴君行

八寶裝

錦屏羅幌初睡起花陰轉重門閉正不寒不暖和風細雨困人天氣　此時無限傷春意憑誰訴厭厭地這淺情薄倖千山萬水也須來裏

一叢花令（案此闋又載六一詞）

傷高（一作春）懷遠幾時窮無物似情濃離愁（一作心）正引（一作恁）千絲亂更東（一作南）陌飛絮濛濛嘶騎漸遙征塵不斷何處認郎蹤　雙鴛池沼水溶溶南北小橈（一作橋）通梯橫畫閣黃昏後又還是斜（一作新）月簾櫳沈恨細思不如桃杏猶解嫁東（一作春）風

道調宮（案西江月感皇恩前入中呂宮此二闋別入道調宮俟攷）

西江月

汎汎春船載樂溶溶湖水平橋高鬢照影翠煙搖白紵一聲雲杪　倦醉天然玉軟弄妝人惜花嬌風情遺恨幾時消不見盧郎年少

小重山（安車少師訪閱道大資同游湖山）

廊廟當時共代工睢陵千里遠約過從一作約遠相從欲知賓
主與誰同宗枝內黃閣曾有三公　廣樂起雲中湖山
看畫軸兩仙翁武林嘉語一作佳話幾時窮元豐際德星聚
照江東

仙呂宮

宴春臺慢 東都春日李閣使席上

麗日千門紫煙雙闕瓊林一作樓　又報春回殿閣風微當
時去燕還來五侯池館頻開探芳菲走馬天街重簾人
語轔轔繡軒一作轆車一作車轆遠近輕雷　雕觴霞灩翠幕雲
飛楚腰舞柳宮面妝梅金猊夜暖羅衣暗裛香煤洞府
人歸放笙歌燈火下樓臺蓬萊一作放笙歌燈火樓臺下蓬萊一無放字猶

有花上月清影徘徊

好事近 和毅夫內翰梅花

月色透橫枝短葉小花一作葩無力北客一聲長笛怨江
南先得　誰教強半臘前開多情為春憶留取大家沈
醉正一作幸雨休風息

二

燈燭上山堂香霧暖生寒夕前夜雪清梅瘦已不禁輕
摘　雙歌聲斷一作末徽寶杯空妝光灩瑤席相好一作趁笑
聲歸去有隨人月色

清平樂

大石調

屏山斜展帳卷紅綃半泥淺曲池飛海燕風度楊花滿
院　雲情雨意（一作雲愁雨恨）空深覺來一枕春陰隴上梅花
落盡江南消息沈沈

二　李閣使席

淸歌逐酒膩臉生紅透（一作醉臉鮮霞透）櫻小杏靑寒食後衣
換縷金輕繡　畫堂新月朱扉嚴城夜鼓聲遲細看玉
人嬌（一作妝）面春光不在花枝

醉桃源

落花浮水樹臨池年前心眼期見來無事去還思如（一作而）
今花又飛　淺螺黛淡臙脂開花（一作鬪妝）取次宜隔簾
燈影閉門時此情風（一作江）月知

二

歌停鶯語舞停鸞高陽人更閑獸噴煙爐玉壺乾茶分
小鳳團　雲浪淺露珠丸嬌聲春筍寒絳紗籠下據金
鞍歸時人未眠

三

湘天風雨破寒初深沈庭院虛麗譙吹罷小單于迢迢
淸夜徂　鄉夢斷旅魂孤崢嶸歲又除衡陽猶有雁傳
書郴陽和雁無

恨春遲

好夢纔成又斷日晚起雲鬟梳鬢秀臉拂新紅酒（一作滴）
人嬌眉眼薄衣減春寒　紅（一作短）桂溪橋波平岸畫閣

外落日西山不分一作忿閒花並蒂秋藕連根何時重得雙眠一作蓮

二

欲借紅梅薦飲望隴驛音信沈沈住在柳洲東岸彼此相思夢去難尋 乳燕來時花期寖淡月墜將曉還陰爭奈多情易感音信無憑如何消遣得初心

雙調

慶佳節

莫風流莫風流風流後有閒愁花滿南園月滿樓偏使我憶歡游 我憶歡游無計奈除卻且醉金甌醉了醒來春復秋我心事幾時休

二

芳菲節芳菲節天意應不虛設對酒高歌玉壺闕慎莫負狂風月 人間萬事何時歇空贏得鬢成雪我有閒愁與君說且莫用輕離別

採桑子

水雲薄薄天同色竟日清輝風影輕飛花發瑤林春未知 剡溪不辨沙頭路粉水平堤姑射人歸記得歌聲與舞時

御街行送蜀客

畫船橫倚煙溪半春入吳山偏主人憑客且遲留程入花溪遠還一作遠數聲蘆葉兩行霓袖幾處成離宴 紛

紛歸騎亭皐晚風順檣烏轉古今爲別最消魂因別有情須怨更獨自儘上高臺望望盡飛雲斷〔一本云高臺獨上不堪凝望目與飛雲斷〕

玉聯環　送臨淄相公

都人未逐風雲散願留離宴不須多愛洛城春黃花訝歸來晚　葉落灞陵如翦淚霑歌扇無由重有日邊來上馬便長安遠

二　南郊夜飲

來時露裛〔一作浥〕衣香潤綵縧垂鬢卷簾還喜月相親把酒更花相近　西去陽關休問未歌先恨玉峰山下水長流流水盡情無盡

武陵春

秋染青溪天外水風棹采菱還波上逢郎密意傳語近隔叢蓮　相看忘卻歸來〔一作來時〕路遮日小荷圓〔一作家在柳城〕前　菱蔓雖多不上船心眼在郎邊

定風波

素藕抽條未放蓮晚蠶將繭不成眠若比相思如亂絮何異兩心俱被暗絲牽　暫見欲歸還是恨莫問有情誰信道無緣有〔一作正〕似中秋雲外月皎潔不團圓待幾時圓

百媚娘

珠闕〔一作閣〕五雲仙子未省有誰能似百媚算應天乞與

淨飾豔妝俱美若一無若字取次芳華皆一作俱可意何處比
一作無桃李　蜀被錦紋鋪水不放彩鴛雙戲樂事也知
存後會爭奈眼前心裏綠皺小池紅疊砌花外東風起

夢仙鄉

江東蘇小天斜窈窕都不勝彩鸞嬌妙春豔上新妝肌
肉過人香　佳樹陰陰池院華燈繡幔花月好可一作豈
能長見離聚此生緣無計問天天

歸朝歡

聲轉轆轤聞露井曉引銀缾牽素綆西園人語夜來風
叢英飄墜紅成徑寶猊煙未冷蓮臺香蠟殘痕凝等身
金誰能得意買此好光景　粉落輕妝紅一作溫玉瑩月

枕橫釵雲墜領有情無物不雙棲文禽只合常交頸晝
長歡豈定爭如翻作春宵永日曈曨嬌柔嬾起簾押殘
花影一作簾幕卷花影

相思令

蘋滿溪柳遶堤相送行人溪水西回一作歸時隴月低
煙霏霏風一作雨淒淒重倚朱門聽馬嘶寒鷗相對飛一云寒鴉相對啼

少年游

紅葉黃花秋又老疏雨更西風山重水遠雲閒天淡游
子斷腸中　青樓薄倖何時見細說與這忡忡念遠離
情感時愁緒應解與人同

賀聖朝

淡黃衫子濃妝了步縷金鞋小愛來書幌綠窗前半和嬌笑　謝家姊妹詩名空杳何曾機巧爭如奴道春來情思亂如芳草

生查子

當初相見時彼此心蕭洒近日見人來卻恁相謾詑　休休休便休美底教他且匹似沒伊時更不思量也

小石調

夜厭厭

昨夜小筵歡縱燭房深舞鸞歌鳳酒迷花困共厭厭倚朱絃未成歸弄　峽雨忽收尋斷夢依前是畫樓鐘動

爭拂雕鞍悤悤去萬千恨不能相送

二

昨夜佳期初共鬢雲低翠翹金鳳尊前含笑不成歌意偷期眼彼微送　峽雨豈容成楚夢夜寒深翠簾霜重相看還到斷腸時月西斜畫樓鐘動

迎春樂

城頭畫角催夕宴憶前時小樓晚殘虹數尺雲中斷愁送目天涯遠　枕清風停畫扇逗鸞簟碧紗零亂恁生得伊來今夜裏銀蟾滿

鳳栖梧

密宴厭厭一作未休池館暮天漢沈沈借得春光住紅翠鬪

爲長袖舞香檀拍過驚鴻翥　明日不知花在否今夜圓蟾後夜憂風雨可惜歌雲容易去東城楊柳東城一作來時路

張子野詞卷二

吳興 張先 子野

一歇指調

雙燕兒

榴花簾外飄紅藕絲罩小屏風東山別後高唐夢短猶喜相逢 幾時再與眠香翠悔舊歡何事怱怱芳心念我也應那裏蹙破眉峰

卜算子慢

溪山別意煙樹去程日落采蘋春晚欲上征鞍更掩翠簾(下一有同面二字)相眄惜彎彎淺黛長長眼奈畫閣歡游也學狂花亂絮輕散 水影橫池館對靜夜無人月高雲

遠一餉凝思兩袖淚痕還滿(下一有難遣二字)恨私書又逐東風斷縱西北(一作夢澤)層樓萬尺(一作丈)望重(一作湖)城那見

林鍾商

更漏子

錦筵紅羅幕翠侍宴美人姝麗十五六解憐才勸人深酒杯 黛眉長檀口小耳畔向人輕道柳陰曲是兒家門前紅杏花

二

星斗稀鐘鼓歇簾外曉鶯殘月蘭露重柳風斜滿庭堆落花 虛閣上倚闌望還似去年惆悵春欲暮思無窮舊歡如夢中

三流杯堂席上作

相君家賓宴集秋葉曉霜紅涇簾額動水紋浮纈花相對流（一作纈花和水流）薄霞衣（一作裳）酣酒面重抱琵琶輕按迴畫撥抹幺絃一聲飛露（一作蟬噪）

南歌子

醉後和衣倒愁來殢酒醺困人天氣近清明盡日厭厭口臉淺含顰　睡覺□□恨依然月映門楚天何處覓行雲唯有暗燈殘漏伴消魂

二

蟬抱高高柳蓮開淺淺波倚風疏葉下庭柯況是不寒不暖正清和　浮世歡會少勞生怨別多相逢休惜醉

顏酡賴有西園明月照笙歌

三

殘照催行棹乘春拂去衣海棠花下醉芳菲無計少留君住淚雙垂　煙染春江暮雲藏閣道危行行聽取杜鵑啼是妾此時離恨盡呼伊

蝶戀花

臨水人家深宅院堦下殘花門外斜陽岸柳舞麴塵千萬線青樓百尺臨天半　樓上東風春不淺十二闌干盡日珠簾捲有箇離人凝淚眼淡煙芳草連雲遠

二

檻菊愁煙蘭泣露羅幕輕寒燕子雙來去明月不諳離

恨苦斜光到曉穿朱戶　昨夜西風彫碧樹獨上高樓望盡天涯路欲寄彩牋兼尺素山長水闊知何處

三

綠水波平花爛漫照影紅妝步轉垂楊岸別後深情將爲斷相逢添得人留戀　絮軟絲輕無繫絆煙惹風迎併入春心亂和淚語嬌聲又顫行行儘遠猶回面

四

移得綠楊栽後院學舞(一作漸學)宮腰二月青猶短不比灞陵多送遠殘絲亂絮(一作千絲萬縷)東西岸　幾葉(一作度)小眉寒不展莫(一作休)唱陽關眞箇腸先斷(一作無腸斷)　分付與春休細看(一作春不管)條條盡是離人怨

訴衷情

花前月下暫相逢苦恨阻從容何況酒醒夢斷花謝月朦朧　花不盡月無窮兩心同此時願作楊柳千絲絆惹春風

二

數枝金菊對芙蓉零落意忡忡不知多少幽怨和淚泣東風　人散後月明中夜寒濃謝娘愁臥潘令閒眠往事何窮

木蘭花 邠州作

青錢貼水萍無數臨曉西湖春漲雨泥新輕燕面前飛風慢落花衣上住　紅裙空引(一作解)煙娥(一作蛾)聚雲月

卻能隨馬去明朝何處上高臺回認玉峰山下路

二

西湖楊柳風流絕滿縷青春看贈別牆頭簌簌暗飛花山外陰陰初落月秦姬穠麗雲梳髮持酒唱（一作聽）歌留晚發驪駒應解惱（一作亦解）人情欲出重城嘶不歇

三

樓下雪飛樓上宴歌咽笙簧聲韻顫尊前有箇好人人十二闌干同倚徧簾重不知金屋晚信馬歸來腸欲斷多情無奈苦相思醉眼開時猶似見

減字木蘭花

垂螺近額走上紅裀初趁拍只恐輕飛擬倩游絲惹住伊

文鴛繡履去似楊花（一作流風）塵不起舞徹伊州頭上宮花（一作花枝）顫未休

少年游 井桃

碎霞浮動曉朦朧春意與花濃銀缾素綆玉泉金甃眞色浸朝紅

花枝人面難常見青子小叢叢韶華長在明年依舊相與笑春（一作東）風

二

帽檐風細馬蹄塵常記探花人露英千樣粉香無盡蔦地酒初醒（一作秦地酒初醉）

探花人向（一作漸）花前老花上舊時春行歌聲外（一作裏）靚妝叢裏須貴少年身

醉落魄

雲輕柳弱內家髻要（一作子）新梳掠生香眞色人難學橫
管孤吹月淡天垂幕　朱脣淺破桃花（一作櫻桃）萼倚樓誰
（一作人）在闌干角夜寒手（一作指）冷羅（一作春）衣薄聲入霜林
簌簌驚（一作飛）梅落

喜朝天　淸暑堂贈蔡君謨

曉（一作晚）雲開睨仙館陵虛步入蓬萊玉宇瓊甃對靑林
近歸鳥徘徊風月頓消（一作從今）淸暑野色對（一作帶）江山助
詩才簫鼓宴璇題寶字浮動持杯　人多送目天際（一作天多送目無際）識渡舟帆小時見潮回故國千里共十萬室日
日春臺睢社朝（一作廟）京非遠正和羹民口渴鹽梅佳景
在吳儂還望分闔重來

破陣樂　錢塘

四堂互映雙門並麗龍閣開府郡美東南第一望故苑
樓臺霏霧垂柳池塘流泉巷陌吳歌處處近黃昏漸更
宜良夜簇簇（一少一簇字）繁星燈燭長衢如畫暝色韶光幾
許粉面飛甍朱戶　和煦（一作歡遇）雁齒橋紅裙腰草綠雲
際寺林下路酒熟梨花賓客醉但覺滿山簫鼓盡朋游
同（一作四）民樂芳菲有主自此歸從泥詔去指沙堤南屏
水石西湖風月好作千騎行春畫圖寫取

三字令

春欲盡日遲遲牡丹時羅幌掩繡簾垂彩牋書紅粉淚
兩心知　人不見燕空歸負佳期香燼冷枕閒敲月分

明花淡薄惹相思

中呂調

菊花新

墮髻慵妝來日暮家在畫（一作柳）橋堤下住衣緩絳綃垂瓊樹梟一枝紅霧 院深池靜嬌（一作花）相妒粉牆低樂聲時度長恐舞筵空輕化作彩雲飛去

虞美人（案此闋又載馮延巳陽春集）

畫堂新霽情蕭索深夜垂珠箔洞房人睡月嬋娟梧桐雙影上珠軒立堦前 高樓何處連宵宴塞管聲幽怨一聲已斷別離心舊歡拋棄杳難尋恨沈沈

二（案此闋亦載陽春集）

碧波簾幕垂朱戶簾下鶯鶯語薄羅依舊泣青春野花芳草逐年新事難論 鳳笙何處高樓月幽怨憑誰說亭亭殘照上梧桐一時彈淚與東風恨重重

三

苕花飛（一作落）盡汀風定苕水天搖影畫船羅綺滿溪春一曲石城清響入高雲 壺觴昔歲同歌舞（一作笑）今日無歡侶（一作年少）南園花少故人稀月照玉樓依舊似當時

醉紅妝

瓊枝玉樹不相饒薄雲衣細柳腰一般妝樣百般嬌眉眼細好如描（一作眉眼秀總如描） 東風搖草百（一作雜）花飄恨無計上青條更起雙歌郎且飲郎未醉有金貂

天仙子 時爲嘉禾小倅以病眠不赴府會

水調數聲持酒聽午醉醒來愁未醒送春春去幾時回臨晚鏡傷流景往事後期空記省　沙上竝禽池上瞑雲破月來花弄影重重簾幕密遮燈風不定人初靜明日落紅應滿徑

二 鄭毅夫移青社

持節來時初有雁十萬人家春已滿龍標名第鳳池身堂皁遠江橋晚一見障一作 湖山看未徧　障扇欲收歌淚濺亭下花空羅綺散檣竿漸向望中疏旗影轉鼙聲斷惆悵不如船尾燕

菩薩蠻

玉人又是悤悤去馬蹄何處垂楊路殘日倚樓時斷魂郎未知　闌干移倚徧薄倖教人怨明月卻多情隨人處處行

高平調

怨春風

無由且住緜緜恨似春蠶緒見來時餉還須去月淺燈收多在偷期處　今夜掩妝花下語明朝芳草東西路願身不學相思樹但願羅衣化作雙飛羽

于飛樂令

寶奩開菱鑑靜一掬清蟾新妝臉旋學花添蜀紅衫雙繡蝶裙縷鶼鶼尋思前事小屏風巧畫江南　怎空教

草解宜男柔桑暗又過春蠶正陰晴天氣更暝色相兼幽期消息曲房西碎月篩簾

臨江仙

自古傷心惟遠別登山臨水遲留暮塵衰草一番秋尋常景物到此盡成愁 況與佳人分鳳侶盈盈粉淚難收高城深處是青樓紅塵遠道明日忍回頭

江城子

鏤牙歌板齒如犀串珠齊畫橋西雜花池院風幕卷金泥酒入四肢波入鬢嬌不盡翠眉低

轉聲虞美人 雪上送唐彥猷

使君欲一作少醉離亭酒酒醒離愁轉有紫禁多時虛右

茗雪留難久 一聲歌掩雙羅袖日落亂山一作汀花春後猶有東城煙柳青陰長依舊

燕歸梁

去歲中秋玩桂輪河漢淨無雲今年江上共瑤尊都不是去年人 水精宮殿琉璃臺閣紅翠兩行分點脣機動一作微破秀眉顰清影外見微一作歌塵

二

夜月一作夜啼烏促亂絃江樹遠無煙缺多圓少柰何天愁只恐下關山 粉香生潤衣珠弄彩入月兩嬋娟留連殘夜惜餘歡入月在又明年

酒泉子

亭下花飛月照妝樓春欲曉珠簾風蘭燭燼怨空閨
迢迢何處寄相思玉筯零零腸斷屏幃深更漏永夢魂
迷

二

人散更深堂上孤燈堦下月早梅愁殘雪白夜沈沈
闌前偷唱繫瓊簪前事總堪惆悵寒風生羅衣薄萬般
心

三

春色融融飛燕未來鶯未語露桃寒風柳曉玉樓空
天長煙遠恨重重消息燕鴻歸去枕前燈窗外雨閉簾
櫳

四

亭柳霜凋一夜愁人窗下睡繡幃風蘭燭焰夢遙遙
金籠鸚鵡怨長宵籠畔玉箏絃斷隴頭雲桃源路兩魂
消

五

芳草長川柳映危橋堤下路歸鴻飛行人去碧山連
風微煙淡雨蕭然隔岸馬嘶何處九迴腸雙臉淚夕陽
天

定西番

年少登瀛詞客飄逸氣拂晴霓盡帶江南春色過長淮
一曲豔歌留別翠蟬搖寶釵此後吳姬（一作姓）難見且

徘徊

仙呂調（案天仙子前卷入中呂宮醉桃源前卷入大石調俟攷）

河傳

花暮春去都門東路嘶馬將行江南江北十里五里郵
亭幾程程　高城望遠看回睇煙細（一作高城漸遠晚重凝睇煙容細）
碧空無際今夜（上一有不知二字）何處冷落衾幃欲眠時

偷聲木蘭花

雪籠瓊苑梅花瘦外院重扉聯寶獸海月新生上得高
樓無（一作沒）奈情　簾波不動凝（一作銀）釭小今夜夜長爭
得曉欲夢高唐只恐覺來添斷腸

二

畫橋淺映橫塘路流水滔滔春共去目送殘（一作斜）暉燕
子雙高蝶對飛　風花將盡持杯送往事只成清夜夢
莫更登樓坐想行思已是愁

醉桃源（渭州作）

雙花（一作歌）連袂近香猊歌隨鏤板齊分明珠索漱煙溪
凝雲定不飛　脣破點齒編犀春鶯莫亂啼陽關更在
碧峰西相看翠黛低

千秋歲

數（一作幾）聲鶗鴂又報芳菲歇惜春更把殘紅折雨輕風
色暴梅子青時節永豐柳無人盡日飛花雪　莫把幺
絃撥怨極絃能說天不老情難絕心似雙絲網中有千

千結夜過也東窗未白凝殘月（一作孤燈滅）

天仙子　別渝州

醉笑相逢能幾度爲報江頭春且住主人今日是行人紅袖舞清歌女憑仗東風教點取　三月柳枝柔似縷落絮儘（一作倦）飛還戀樹有情寧不憶西園鶯解語花無數應訝使君何處去

般涉調

漁家傲　和程公闢贈別

巴子城頭青草暮巴山重疊相逢處燕子占巢花脫樹杯且舉瞿塘水闊舟難渡　天外吳門清霅路君家正在吳門住贈我柳枝情幾許春滿縷爲君將入江南去（來詞云折柳贈君君且住）

張子野詞補遺上

天仙子

十歲手如芽子筍固愛弄妝偷傅粉金蕉并爲舞時空紅臉嫩輕衣褪春重日濃花覺困　斜雁軋絃隨步趁小鳳䰀珠光遶鬢密教持履恐仙飛催拍緊驚鴻奔風袂飄颻無定準

二　公擇將行

坐治吳州成樂土詔卷風飛來聖語親輿乞得便藩歸瑤席主杯休數淸夜爲君歌白苧　花接舊枝新蘂吐造化不知人有助看花歲歲比甘棠嘉月暮東門路只恐帶將春色去

南鄉子　送客過餘溪聽天隱二玉鼓胡琴

相竝細腰身時樣宮妝一樣新曲項胡琴魚尾撥離人入塞絃聲水上聞　天碧染衣巾血色輕羅碎摺裙百卉已隨霜女妒東君暗折雙花借小春

少年游　渝州席上和韻

聽歌持酒且休行雲樹幾程程眼看檐牙手搓花蘂未必兩無情　拓夫灘上聞新雁離袖掩盈盈此恨無窮遠如江水東去幾時平

定風波令

碧玉篦扶墜髻雲鶯黃衫子退紅裙妝樣巧將花草競相竝要教人意勝於春　酒眼茸茸香拂面□見丹靑

盡似鏡中眞自是有情偏小小向道江東誰信更無人
二次子瞻韻送元素内翰
浴殿詞臣亦議兵禁中頗牧黨羌平詔卷促歸難自緩
溪館絲花千數酒泉淸　春草未靑秋葉暮一去一家
行色萬家情可恨黃鸎相識晚望斷湖邊亭上不聞聲
三再次韻送子瞻
談辨纔疏堂上兵畫船齊岸暗潮平萬乘靴袍曾好問
須信文章傳口齒牙淸　三百寺應遊未徧口算湖山
風物豈無情不獨渠北歌叔度行路吳謠終日有餘聲
四雪溪席上同會者六人楊元素侍讀劉孝叔吏部子
瞻公擇二學士陳令舉賢良

西閣名臣奉詔行南牀吏部錦衣榮中有瀛仙賓與主
相遇平津選首更神淸　溪上玉樓同宴喜歡醉對堤
杯葉惜秋英盡道賢人聚吳分試問也應旁（一作中）有老
人星
木蘭花
人意共憐花月滿花好月圓人又散歡情去逐遠雲空
往事過如幽夢斷　草樹爭春紅影亂一唱雞（一作離）聲
千萬怨任教遲日更添長能得幾時擡眼看
二和孫公素別安陸
相離徒有相逢夢門外馬蹄塵已動怨歌留待醉時聽
遠目不堪空際送　今宵風月知誰共聲咽琵琶槽上

鳳人生無物比多情江水不深山不重

三晏觀文畫堂席上

檀槽碎響金絲撥露溼潯陽江上月不知商婦爲誰愁一曲行人留晚發　畫堂花入新聲別紅蘂調高彈未徹暗將深意語膠絃長願絃絲無斷絕

四送張中行

插花勸酒鹽橋館召節促行龍闕遠吳船漸起晚潮生蠻榼未空寒日短　慶門奕世隆宸睠歸到月陂梅已綻有情願寄向南枝圖得洛陽春色看

五去春自湖歸杭憶南園花已開有當時猶有蘂如梅之句今歲還鄉南園花正盛復爲此詞以寄意

去年春入芳菲國青蘂如梅終忍摘闌邊徒欲說相思綠蠟密緘朱粉飾　歸來故苑重尋覓花滿舊枝心更惜鴛鴦從小自相雙若不多情頭不白

六乙卯吳興寒食

龍頭舴艋吳兒競筍柱秋千游女並芳洲拾翠暮忘歸秀野踏青來不定　行雲去後遙山暝已放笙歌池院靜中庭月色正清明無數楊花過無影

七席上贈同邵二生

輕牙低掌隨聲聽合調破空雲自凝姝娘翠黛有人描瓊女分鬟待誰併　弄妝俱學閒心性固向鸞臺同照影雙頭蓮子一時花天碧秋池水如鏡

傾杯 吳興

横塘水靜花窺影孤城轉浮玉無塵五亭爭景畫橋對起垂虹不斷愛溪上瓊樓凭雕闌久口飛雲遠人在虛空月生溟海寒漁夜汎游鱗可辨 正是草長蘋老江南地暖汀洲日晚更茶山已過清明風雨暴千巖啼鳥怨芳菲故苑深紅盡綠葉陰濃青子枝頭滿使君莫放尋春緩

二

飛雲過盡明河淺天無畔草色栖螢霜華清暑輕颸弄袂澄瀾拍岸宴玉麈談賓倚瓊枝秀挹雕觴滿午夜中秋十分圓月香槽撥鳳朱絃軋雁 正是欲醒還醉臨

空帳遠壺更疊換對東西數里回塘恨零落芙蓉春不管籠燈待散誰知道座有離人目斷雙歌伴煙江艇子歸來晚

離亭宴 公擇別吳興

捧黃封詔卷隨處是離亭別宴紅翠成輪歌未徧已恨野橋風便此去濟南非久惟有鳳池鸞殿 三月花飛幾片又減卻芳菲過半千里恩深雲海淺民愛比春流不斷更上玉樓西歸雁與征帆共遠

沁園春 寄都城趙閱道

心膂良臣帷幄元勳左右萬幾暫武林分閫東南外翰錦衣鄉社未滿瓜時易鎮梧臺宣條期歲又西指夷橋

千騎移珠灘上喜甘棠翠蔭依舊春暉　須知繫國安危料節召還趨浴鳳池且代工施化持鈞播澤置盂天下此外何思素卷書名亦松游道飆馭雲軿仙可期湖山美有啼猿唳鶴相望東歸

小重山　徐鐸狀元

延壽芸香七世孫華軒承大對見經綸溟魚一息化天津袍如草三百騎從清塵　玉樹瑩風神同時棠棣萼一家春十年身是鳳池人蓬萊閣黃閣主遲一作共談賓

憶秦娥

參差竹吹斷相思曲情不足西北有樓窮遠目　憶苕溪寒影透清玉秋雁南飛速菰草綠應下溪頭沙上宿

繫裙腰

惜一作濃霜蟾照夜雲天朦朧影畫句闌人情縱似長情月算一年年又能得幾番圓　欲寄西江題葉字流不到五亭前東池始有荷新綠尙小如錢問何日藕幾時蓮

清平樂

靑袍如草得意還年少馬躍綠螭金絡腦寒食乍臨新曉　曲池斜度鸞橋西圍一片笙簫自欲賸留春住風花無柰飄飄

偷聲木蘭花

曾居別乘康兕俗民到於今歌不足驪馭征鞭一去東

風十二年 重來卻擁諸侯騎寶帶垂魚金照地和氣融入清霄千家日日春

菩薩蠻

佳人學得平陽曲纖纖玉筍橫孤竹一弄入雲聲海門江月清 鬢搖金鈿落惜恐櫻脣薄聽罷已依依莫吹楊柳枝

二

藕絲衫翦猩紅窄衫輕不礙瓊膚白緩鬢小橫波花樓東是家 上湖閒盪槳粉豔芙蓉樣湖水亦多情照妝天底清

三

牛星織女年年別分明不及人間物匹鳥少孤飛斷沙猶並栖 洗車昏雨過缺月雲中墮斜漢曉依依暗蛩還促機

四

雙針競引雙絲縷家家盡道迎牛女不見渡河時空聞烏鵲飛 西南低片月應恐雲梳髮寄語問星津誰爲得巧人

慶春澤

飛閣危橋相倚人獨立東風滿衣輕絮還記憶江南如今天氣正白蘋花遶堤漲流水 寒梅落盡誰寄方春意無窮青空千里愁草樹依依關城初閉對月黃昏角

聲傍煙起

三與善歌者

豔色不須妝樣風韻好天真畫毫難上花影豔金尊酒泉生浪鎮欲留春傷花爲春唱　銀塘玉宇空曠冰鹵映輕脣藥紅新放聲宛轉疑隨煙香悠颺對暮林靜寥寥振清響

玉聯環

南園已恨歸來晚芳菲滿眼春工偏上好花多疑不向空枝暖　惜恐紅雲易散叢叢看徧當時猶有藥如梅問幾日上東風綻

玉樹後庭花上元

華燈火樹紅相鬬往來如晝河橋水白天青訝別生星斗　落梅穠李還依舊寶釵沽酒曉蟾殘漏心情恨雕鞍歸後

二

寶牀香重春眠覺魷窗難曉新聲麗色千人歌後庭清妙　青驄一騎來飛鳥靚妝難好至今落日寒蟾照臺城秋草

卜算子

夢短寒夜長坐待清霜曉臨鏡無人爲整妝但自學孤鸞照　樓臺紅樹杪風月依前好江水東流郎在西問尺素何由到

雙韻子
鳴鞘聲過曉闈靜斂龍旂風定鳳樓遠出霏煙聞笑語
中天迴　淸光近歡聲竟鴛鴦集仙花鬭影更聞度曲
瑤山升瑞日春宮永

鵲橋仙
星橋火樹長安一夜開徧紅蓮萬蘂綺羅能借月中春
風露細天淸似水　重城閉月靑樓誇樂人在銀潢影
裏畫屏期約近收燈歸步急雙鴛欲起

醉垂鞭錢塘送祖擇之
酒面灩金魚吳娃唱吳潮上玉殿白麻書待君歸後除
　句留風月好平湖曉翠峰孤此景出關無西州空畫

圖

定西番
秀眼謾生千媚釵玉重髻雲低寂寂拖妝羞淚怨分攜
鴛帳願從今夜夢長連曉雞小逐畫船風月渡江西

二執胡琴者九八
銲撥紫檀金襯雙秀萼兩回鸞齊學漢宮妝樣競嬋娟
　三十六絃蟬鬧小絃蜂作團聽盡昭君幽怨莫重彈

望江南與龍靚
靑樓宴靚女薦瑤杯一曲白雲江月滿際天拖練夜潮
來人物誤瑤臺　醺醺酒拂拂上雙顋媚臉已非朱淡
粉香紅全勝雪籠梅標格外風塵一作埃

少年游慢

春城三二月禁柳飄緜未歇仙籞生香輕雲凝紫臨層闕歌掌明珠滑酒臉紅霞發華省名高少年得意時節畫刻三題徹梯漢同登蟾窟玉殿初宣銀袍齊脫生仙骨花探都門曉馬躍芳衢闊宴罷東風鞭梢一行飛雪

剪牡丹 舟中聞雙琵琶

野綠連空天青垂水素色溶漾都淨柔柳搖搖墜輕絮無影（一作柳徑無人墮飛絮無影）汀洲日落人歸修巾薄袂擷香拾翠相競如解凌波泊煙渚春暝 綵縚朱索新整宿繡屏畫船風定金鳳響雙槽彈出今古幽思誰省玉盤大

小亂珠迸酒上妝面花豔媚相竝重聽盡漢妃一曲江空月靜

畫堂春

外潮蓮子長參差霽山青處鷗飛水天溶漾畫橈遲人影鑑中移 桃葉淺聲雙唱杏紅深色輕衣小荷障面避斜暉分得翠陰歸

芳草渡

雙門曉鎖響朱扉千騎擁萬人隨風烏弄影畫船移歌時淚和別怨作秋悲 寒潮小渡淮遲吳越路漸天涯宋王臺上爲相思江雲下日西盡雁南飛

二

主人宴客玉樓西風飄雪忽霽霏唐昌花蘂漸平枝浮
光裏寒聲聚隊禽栖　鸞曉日喜春遲野橋時伴梅飛
山明日遠霽雲披溪上月堂下水併春輝

御街行

天非花豔輕非霧來夜半天明去來如春夢不多時去
似朝雲何處遠（一作乳）雞栖燕落星沈月紞紞城頭鼓
參差漸辨西池樹珠閣斜開戶綠苔深徑少人行苔上
屐痕無數餘香遺粉（一作殘香餘粉）賸衾閒枕（一作閒衾賸枕）天把多
情付

蘇幕遮

柳飛綿花寶少鏤板音清淺發江南調斜日雨竿留碧

口馬足重重又近青門道　去塵濃人散了回首旗亭
漸漸紅裳小莫訝安仁頭白早天若有情天也終須老

武陵春

每見韶娘梳鬢好釵燕傍雲飛誰掬彤霞露染衣口玉
透柔肌　梅花瘦雪梨花雨心眼未芳菲看著嬌妝聽
柳枝人意覺春歸

醉落魄（吴興莘老席上）

山圍畫障風溪弄月清溶漾玉樓若館人相望下若醴
醅競欲金釵當　使君勸醉青娥唱分明仙曲雲中響
南園百卉千家賞和氣兼口不獨花枝上

長相思潮溝在金陵上元之西

粉豔明秋水盈柳樣纖柔花樣輕笑前雙靨生　寒江平江鵜鳴誰道潮溝非遠行回頭千里情

更漏子

杜陵春秦樹晚傷別更堪臨遠南去信欲憑誰歸鴻多北歸　小桃枝紅蓓發今夜昔時風月休苦意說相思少情人不知

浣溪沙

樓倚春江百尺高煙中還未見歸橈幾時期信似江潮一花片片飛風弄蝶柳陰陰下水平橋日長纔過又今宵

醉桃源

仙郎何日是來期無心雲勝伊行雲猶解傷山飛郎行去不歸　強勻畫又芳菲春深輕薄衣桃花無語伴相思陰陰月上時

行香子 案此闋又載六一詞

舞雪歌雲閑淡妝勻藍溪水深染輕裙酒香醺臉粉色生春更巧談話美情性好精神　江空無畔凌波何處月橋邊青柳朱門斷鐘殘角又送黃昏奈心中事眼中淚意中人

熙州慢 贈述古

武林鄉占第一湖山詠畫爭巧鷲石飛來倚翠樓煙靄清猿啼曉況值禁垣師帥惠政流八歡歌一作謠朝暮萬

景寒潮弄月亂峰回照　天使尋春不早併行樂免有花愁花笑持酒更聽紅兒肉聲長調瀟湘故人未歸但目送游雲孤鳥際天杪離情盡寄芳草

虞美人 述古移南郡

恩如明月家家到無處無清照一帆秋色共雲遙眼力不知人遠上江橋　願君書札來雙鯉古汴東流水宋王臺畔楚宮西正是節趣歸路近沙堤

汎青苕 正月十四日與公擇吳興汎舟

綠淨無痕過曉霽清苕鏡裏遊人紅杜巧綵船穩當筵主祕館詞臣吳娃勸飲韓娥唱競豔容左右皆春學爲行雨傍畫槳從教水濺羅裙　溪煙混月黃昏漸樓臺

上下火影星分飛檻倚斗牛近響簫鼓遠破重雲歸軒未至千家待掩半妝翠箔朱門衣香拂面扶醉卸簪花滿袖餘溫

惜瓊花

汀蘋白苕水碧每逢花駐樂隨處歡席別時攜手看春色螢火而今飛破秋夕　旱沐一作河流如帶窄任身輕似葉何計歸得斷雲孤鶩青山極樓上徘徊無盡相憶

河滿子 陪杭守汎湖夜歸

溪女送花隨處沙鷗避樂分行游舸已如圖障裏小屏猶畫瀟湘人面新生酒豔日痕更欲春長　衣上交枝鬬色釵頭比翼相雙片段落霞明水底風紋時動妝光

賓從夜歸無月千燈萬火河(一作湖)塘

勸金船(流杯堂唱和翰林主人元素自撰腔)

流泉宛轉雙開寶帶染輕紗皺何人暗得金船酒擁羅綺前後綠定見花影竝照與(豔)粧爭秀行盡曲名休更再歌楊柳　光生飛動搖瓊醬隔障笙簫奏須知短景歡無足又還過清晝翰閣遲歸來傳騎恨留住難久異日鳳凰池上為誰思舊

慶同天

海寓稱慶復生元聖風入南薰拜恩遙闕衣上曉色猶春望堯雲　游釣廣樂人疑夢仙聲共日轉旗光動無彊帝(一作聖)算何待祝華封與天同

雨中花令(贈胡楚草)

近鬟綵鈿雲雁細(大雲雁小雲雁)好客豔花枝爭媚(花枝十二)學雙燕同棲還竝翅(雙燕子)　我合著你難分離(合著)　這佛面前生應布施(浮金圖)　你更看蛾眉下秋水(眉十)似賽九底見他三五二(胡草)正悶裏也須歡喜(闘子)

江城子

小圓珠串靜慵拈夜厭厭下重簾曲屏斜燭心事入眉尖金字半開香穗小愁不寐恨西蟾(以上六十三闋亦圖名家詞集錄補)

○案名家詞集所刻子野詞有東坡居士題跋詞凡一百二十九闋刪其複見前集者六十六闋錄之如右

張子野詞補遺下

靑門引

乍暖還輕冷風雨晚來方定庭軒寂寞近淸明殘花中酒又是去年病　樓頭畫角風吹醒入夜重門靜那堪更被明月隔牆送過秋千影

滿江紅

飄盡寒梅笑粉蝶游蜂未覺漸迤邐水明山秀暖生簾幕過雨小桃紅未透舞煙新柳靑猶弱記畫橋深處水邊亭曾偷約　多少恨今猶昨愁和悶都忘卻拚從前爛醉被花迷著晴鴿試鈴風力軟雛鶯弄舌春寒薄但只愁錦繡鬧妝時東風惡以上二闋花菴絕妙詞選錄補

漢宮春 蠟梅

紅粉苔牆透新春消息梅粉先芳奇葩異卉漢家宮額塗黃何人鬬巧運紫檀翦出蜂房應爲是中央正色東君別與淸香　仙姿自稱霓裳更孤標俊格非非字似誤雪淩霜黃昏院落爲誰密解羅囊銀缾注水浸數枝小閣幽窗春睡起纖條在手厭厭宿酒殘妝右一闋梅苑錄補

生查子 案此闋又載六一詞

含羞整翠鬟得意頻相顧雁柱十三絃一一春鶯語嬌雲容易飛夢斷知何處深院鎖黃昏陣陣芭蕉雨

浣溪沙 案此闋又見秦淮海詞

錦帳重重捲暮霞屏風曲曲鬬紅牙恨人何事苦離家

枕上夢魂飛不去覺來紅日又西斜滿庭芳草襯殘
花

二

水滿池塘花滿枝亂香深裏語黃鸝東風吹軟弄簾幃
日正長時春夢短燕交飛處柳煙低玉窗紅子鬬茶
時

菩薩蠻

哀箏一弄湘江曲聲聲寫盡江波綠纖指十三絃細將
幽恨傳　當筵秋水慢玉柱斜飛雁彈到斷腸時春山
眉黛低

滿庭芳

紅蓼花繁黃蘆葉亂夜深玉露初零霽天空闊雲淡楚
江清獨棹孤篷小艇悠悠過煙渚沙汀金鉤細絲綸慢
卷牽動一潭星　時時橫短笛清風皓月相與忘形任
人笑生涯汎梗飄萍飲罷不妨醉臥塵勞事有耳誰聽
江風靜日高未起枕上酒微醒以上五闋草堂詩餘補錄

菩薩蠻

五雲深處蓬山杳寒輕霧重銀蟾小枕上挹餘香春風
歸路長　雁來書不到人靜重門悄一陣落花風雲山
千萬重

二

青梅又是花時節粉牆閒把青梅折玉鐙偶逢君春情

如亂雲　藕絲牽不斷誰信朱顏換莫厭十分斟酒深
情更深

浪淘沙

腸斷送韶華爲惜楊花雪毬搖曳逐風斜容易著人容
易去飛過誰家　聚散苦咨嗟無計留他行人灑淚滴
流霞今日畫堂歌舞地明日天涯

望江南

香閨內只自想佳期獨步花陰情緒亂謾將珠淚兩行
垂勝會在何時　厭厭病此夕最難持一點芳心無託
處荼蘼架上月遲遲惆悵有誰知

碧牡丹 晏同叔出姬

步帳搖紅綺曉月墮沈煙砌緩板香檀唱徹伊家新製
怨入眉頭斂黛峰橫翠芭蕉寒雨聲碎　鏡華翳閑照
孤鸞戲思量去時容易鈿盒瑤釵至今冷落輕棄望極
藍橋但暮雲千里幾重山幾重水

漢宮春

玉減香消被嬋娟誤我臨鏡妝慵無聊強開強解蹙破
眉峰憑高望遠但斷腸殘月初鐘須信道承恩不在貌
如何教妾爲容　風暖鳥聲和碎更日高院靜花影重
重愁來只待殢酒酒薄愁濃長門怨感恨無金買賦臨
邛翻動念年年伴女越溪共採芙蓉 以上六闋花草粹編錄補

山亭宴 湖亭宴別

碧波落日寒煙聚，望遙山迷離紅樹。小艇載人來，約尊酒商量歧路。衰柳斷橋西，共攜手攀條無語。水際見鷺鳧一對，對眠沙漵。　西陵松柏青如故，翦煙花幽蘭啼露。油壁閒花驄，那禁得風吹細雨。饒他此後更思量，總莫似當筵情緒。鏡面綠波平，照幾度人來去。（右一闋西湖志錄補）

西江月

憶昔錢塘話別，十年社燕秋鴻。今朝忽遇暮雲東，坐對（一作對坐）旗亭說夢。　破帽手遮紅（一作斜）日，練衣袖卷寒風。蘆花江上兩衰翁，消得幾番相送。（案此闋花草粹編從翰墨全書錄入，作無名氏。近葛氏刻安陸集收之，或別有所據，姑附於此）

子野詩筆老妙歌詞乃其餘波耳華州西溪詩云浮萍破處見山影小艇歸時聞草聲又和余詩云愁似鰥魚知夜永嬾同蝴蝶爲春忙若此之類皆可以追配古人而世俗但稱其歌詞昔周昉畫人物皆入神品而世但知有周昉士女蓋所謂未見好德如好色者歟眉山蘇軾子瞻題

張都官以歌詞擅名當代與柳耆卿齊名尤以韻高見推同調三中三影流聲樂府至今豔稱之而安陸集獨見遺於汲古閣六十家詞刻之外誠詞壇憾事也頃得綠斐軒鈔本二卷凡百有六闋區分宮調猶屬宋時編次喜付汗青既又得亦園十家樂府所刊

去其重複得六十三闋諸家選本中採輯一十六闋次爲補遺二卷合計得詞一百八十四闋於是子野詞收拾無遺矣昔東坡先生稱子野詞筆老妙可以追配古人歌詞乃其餘事惜全集久亾無從綴輯以存其梗概耳乾隆戊申臘月朔歙鮑廷博識

是本比侯亦園刻增多五十六闋校注亦詳惟誤標之調後添之題不免雜厠引校異文又間有顯係譌謬者輒爲芟薙以便繙覽未敢質諸大雅也己未三月錫禧識

張子野詞校記

卷一

小重山　原本作感皇恩黃子湘校改

一叢花令　沈恨細思　原本作沈思細恨黃校依注改

惟雨結少一字

卷二

小重山　原本作感皇恩黃校曰此小重山之又一體

更漏子二滿庭堦落花　按是闋見金匳集堦作堆

蝶戀花二按是闋又見珠玉詞

虞美人三清響　依舊　原本響下有亮字舊下有有字黃校依注刪

千秋歲　按是闋又見六一詞　惜春　原本下有去字黃校依注刪

補遺上

小重山　原本作感皇恩黃校改

鵲橋仙　月中春　原本月作日黃校改

畫堂春　外潮　按潮疑湖誤

蘇幕遮　柳飛緜　按飛緜疑當作緜飛與下句對

虞美人　節趣　按趣疑趨誤

鮑刻張子野詞二卷補遺二卷原校稍繁經江都黃子鴻芟正仍著卷中茲舉諸條據黃氏改訂或譌見

所及者疏記如右孝臧

張子野詞 / （宋）張先著. -- 揚州 : 廣陵書社, 2014.11
（中國雕版精品叢書）
ISBN 978-7-5554-0159-9

Ⅰ. ①張… Ⅱ. ①張… Ⅲ. ①宋詞－選集 Ⅳ. ①I222.844

中國版本圖書館CIP數據核字(2014)第238017號

ISBN 978-7-5554-0159-9

2011—2020年國家古籍整理出版規劃項目
揚州中國雕版印刷博物館藏板

張子野詞

（中國雕版精品叢書）

著　者　（宋）張先
責任編輯　王志娟
裝幀設計　心宇　孫潤生
出 版 人　曾學文
出版發行　廣陵書社
社　址　揚州市維揚路三四九號
郵　編　二二五〇〇九
電　話　（〇五一四）八五二二八〇八八　八五二二八〇八九
印　刷　揚州（廣陵書社）雕版印刷傳習所
版　次　二〇一四年十一月第一版第一次印刷
標準書號　ISBN 978-7-5554-0159-9
定　價　肆佰陸拾圓整（全壹册）

http://www.yzglpub.com　E-mail:yzglss@163.com